안개가 자욱한 숲이다

황금알 시인선 130

안개가 자욱한 숲이다

초판발행일 | 2016년 6월 30일

지은이 | 김우태 · 김일태 · 민창홍 · 성선경 · 이달균 · 이월춘
펴낸곳 | 도서출판 황금알
펴낸이 | 金永馥
선정위원 | 김영승 · 마종기 · 유안진 · 이수익
주 간 | 김영탁
편집실장 | 조경숙
표지디자인 | 칼라박스
주소 | 03088 서울시 종로구 이화장2길 29-3, 104호(동숭동, 청기와빌라2차)
물류센타(직송 · 반품) | 100-272 서울시 중구 필동2가 124-6 1F
전 화 | 02)2275-9171
팩 스 | 02)2275-9172
이메일 | tibet21@hanmail.net
홈페이지 | http://goldegg21.com
출판등록 | 2003년 03월 26일(제300-2003-230호)

값은 뒤표지에 있습니다.

ISBN 979-11-86547-38-0-03810

안개가 자욱한 숲이다

시문학연구회 하로동선夏爐冬扇 시집

황금알

시문학연구회,
하로동선夏爐冬扇을 출발하며

이렇게 보면 하로동선夏爐冬扇은 너무 늦은 감이 있고
또다시 돌려보면 하로동선夏爐冬扇은 너무 이른 감이 있다.
이렇게 보나,
저렇게 보나,
한 계절의 분위기와 맞지 않다.
이런 철 지난 작업에 여섯 명의 시인이 동참했다.
누가 어떤 파장을 줄지는 아무도 모른다.
다만 갈앉은 지역의 시단에 조그만 파문이나마 일으켰으면
하고
잔잔한 바다에 돌멩이 하나를 던져본다.

하로동선夏爐冬扇 일동

차 례

김우태

김일태

민창홍

성선경

이달균

이월춘

김우태

경남 남해 출생. 부산대학교 국문학과 졸업
1989년 서울신문 신춘문예 시 「비 갠 아침」으로 등단
1989년 오월문학상 수상
계간 『시와생명』 『경남문학』 주간 역임

이 가려움

코뿔소가 씨잉 바람을 가르며 나무둥치를 들이받는 것은
코끝이 불현듯 가려워졌기 때문이다.

벚나무가 송골송골 꽃망울을 매달고 허공을 어루만지
는 것은
뿌리가 갑자기 가려워졌기 때문이다.

이른 아침 동네 할아버지가 나무둥치에 등을 부벼대는
것도
생이 참을 수 없이 가려워졌기 때문이다.

가려워서 잠 못 이루는 사람들
복권을 긁듯 뼛속까지 시원히 긁어보지만

긁을수록 온몸 번져나는 꽃반점
가려움은 끝내 재울 수 없다.

하느님도 가려우신지
봄밤 대책 없이 툭툭 불거지는 저 별들 어찌할꼬!

개와 월식

참 반질반질도 해라! 개 핥은 죽사발 마냥
그 얼굴 보름달 같기만 해라!
궁상스레 청 밑 쪼그려
헐래벌래 침 흘리던 너
언제나 춥고 배고픈 척 얼굴 잘도 꾸미는구나.

오냐 오냐 핫도그를 던져줄까, 개뼈다귀를 던져줄까.
아니면 뜨거운 감자를 던져주랴?
옳지, 옳아! 꼬리를 흔들어 봐. 머리가 땅에 닿도록
혓바닥보다 부드럽게, 앞발보다 더 공손하게!
그렇지! 한평생 달 보고 짖다 보면 뉘라서 신선 못 되랴.

번들번들 보름달 발목 빠지는 골목길
오늘은 아무개犬 쌍賞 뒤풀이
침 마르게 치켜세우고 손 모자라게 명함 돌리고,
달아 달아~ 밝은 달아~ 이태백이 놀던 달아~
술 취해 비틀거리며 집으로 간다.

컹컹 멍멍 제아무리 짖어대도 딴청, 이불청耳不聽이라.

11 김우태

꿈속까지 따라붙는 저 개소리들!
내일이면 저들끼리 핥고 또 물어뜯으리!
세상사 어차피 둥근 구멍에 모난 말뚝 박기 아닌가요?
남이야 보름달에 머리를 맞대든 꽁무니를 맞대든 무슨
상관이래요?

예예, 내 은가락지를 뽑아 드리지요.
월계관도 씌워드리지요.
잠시만 눈 감아 주신다면,
컹컹 ～ 멍멍 ～ 사바사바娑婆娑婆
깜깜!

막 포개지다 만 황록빛 보름달이 그만, 가락지를 뽑아
활활 굴리면서, 뜨거운 감자를 획획 날리면서, 꽁무니를
빼느니 차라리 시궁창에 빠져 죽겠다고 하수구에 얼굴
처박는 밤. 거룩한 밤!

법은 없다

죽으란 법은 없다.

법 위에 사람 없고, 사람 위에 법 없다.
법문 속에 법 없고, 법전 속에 법 없다.
법 만드는 사람 법 지키는 법 없고
법 없이 사는 사람 잘 사는 법 없다.

법 위에 춤추는 자
법 아래 억울한 자
법대로! 법대로! 목청 높일수록
법대로 되는 법 하나 없으니

세상에는 하늘과 땅 사이 큰 그물 천라지망 있어
아무리 작은 죄라도 빠져나갈 구멍 없다는데
큰 죄는 다 빠져나가고 쭉정이 피사리만 걸리는 그물
그것도 법망이라 할 수 있겠는가.

높은 산은 깊지 않은 법이 없고
깊은 바다는 넓지 않은 법이 없건만

그물코를 제멋대로 늘였다 줄였다 하고
　혹은 얕은 곳에 덫을 놓고 몰이하는 일 대명천지 빈번
하거늘

　아, 그래도 천만다행이런가!
　법 없이 사는 사람, 죽으란 법 없으니―

진주 남강 물수제비

물수제비를 뜨자
물수제비를 뜨자

사는 일 막막하고 힘에 겨울 때
강으로 바다로 나가 물수제비를 뜨자

닳고 그을린 우리네 가슴팍
돌멩이 하나씩 뽑아들고

힘껏 던져보자 건너가 보자
유등 천리 강낭콩꽃 논개 마음처럼

가라앉을 듯 가라앉을 듯
물 위를 뜀박질하는

물수제비를 뜨자
물수제비를 뜨자

저기 보아, 저기 보아!

15 김우태

징검다리가 없어도 잘도 건너는

닳아서 환한 우리네 버선발
닳아서 환한 우리네 날랜 사랑

제비 날려줄 적 흥부 마음처럼
율도국 건너갈 적 길동이 마음처럼

사는 일 억울하고 마음 둘 데 없을 때
강으로 바다로 나가

물수제비를 뜨자
물수제비를 뜨자

탱자울 속 참새 소리

어떤 소리는 고요를 깨트리고
어떤 소리는 고요를 도드라지게 하고
어떤 소리는 고요를 깨면서 더 큰 고요를 불러온다.

한밤중 사이렌 소리는 누군가의 심장을 멎게 하고
한낮 절간 풍경소리는 누군가의 이마를 빛나게 하고
저물녘 탱자울 속 참새 소리는
누군가의 귀갓길을 오래 멈추게 한다.

포롱포롱 포로롱
쉴 새 없이 들락거리며
짹짹 째재잭
끝도 없이 조잘거리는
수다가 유일한 저녁 양식인 탱자울 속 참새 떼!

전장이든 산중이든 탱자울이든
세상 깃들어 사는 수고로움이야 매한가지
뾰족한 가시는 우리 방석─
매서운 인심은 우리 식탁─

17 김우태

왁자지껄 참새 소리 그치자

적막강산 해 떨어지는 소리 쿵!

춘엽이란 이름을 가진

봄볕 따사로운 마당 한 켠.
실바람 타고 앉아
어머니 토실토실 씨감자를 고르네.
고르면서 살금살금 졸기도 하네.

시집살이 졸음밭에서 하얀 감자꽃 피우고 계신가.
부르면 꺼질세라
春자 葉자, 봄 이파리…
아지랑이 이불 끌어 덮어 드리면,

감자싹 같은 어깨 위로
하릉 하릉 하르르 나비가 앉아
또 한 눈을 틔우려 하네.
또 한 생을 피우려 하네.

불일폭포에서

가슴 불타지 않으면서 불같은 시 쓰려 했네.
스스로 발 묶으며 강물처럼 흐르려 했네.

오만하게도 나는, 자갈처럼 떠버릴 줄만 알고
저문 강처럼 침묵할 줄 몰랐네.

늦잠에서 깨어나 아침 이슬을 노래하고
바람 없는 데 피해 앉아 태풍을 기다렸네.

오, 폭포의 엄격함이여,
내 정수리를 내려쳐라!

거품처럼 꺼지고 마는 열정과 모험
한 발짝도 나아가지 못하는 시 나부랭이를 내려쳐라.

섬진강 거슬러 불일폭포 앞
너 무릎에서조차 지느러미 같은 변명 늘어놓는

내 아가리를 내려쳐라!
내 혓바닥을 내려쳐라!

돌 속에 맺힌 꽃
― 운주사

못 이룬 꿈은 전설되어 떠도는가.
떠돌다 돌 속 스며드는가.

구름에 천불천탑千佛千塔 싣고
천 년을 떠돈 운주雲住
정토로 가는 길은 멀기만 하이.

해죽이고 씰룩이고 끙끙대며
더러 기우뚱, 더러 갸우뚱

누더기 구름 이불 덮고
한뎃잠 자는 돌부처들
눈 코 잎 다 뭉개지고 팔다리는 어디 갔나.

이따금 별똥별 떨어져
육계肉髻엔 파란 불꽃 언뜻언뜻 피었다 지고

어디선가 들려오는 첫닭 울음소리
와불이시여! 와불이시여!

삼한 석공들 다 어디 가셨나이까?

천불천탑 휘감은 별무리 오늘도 총총하건만
돌 속에 맺힌 꿈 누가 피우리.

사랑의 역설

한 마리 작은 나비가
꽃 꽃 한 송이 위에
사뿐히 내려앉을 때
그 순간 일어나는 세상의 변화를
어떻게 말로 다할 수 있을까.

한 송이 꽃이
이윽고 작은 나비 한 마리를
무연히 날려 보낼 때
그 순간 조여오는 내밀한 슬픔을
어떻게 마음으로 전할 수 있을까.

사랑한다는 말은
그 말이 지닌 능동성과 수동성
그 불안한 동시성 때문에
나비처럼 늘 조마조마하고
꽃처럼 늘 어질어질하다.

쉰

꽃보다 꽃 진 자리
눈길 오래 머무는 것은
벌에게 마지막 눈물 한 방울 전해줄 적
꽃의 마음 지금에야 궁금해서라네.

살아가면서 서로가 서로에게 하지 못한 말
그래서 더욱 가슴 썩혔을 말
먼 곳 돌고 돌아 꽃 진 자리
오늘은 빈 나뭇가지 초승달과 서로 눈맞춤하네.

아! 비밀의 화원도
부끄러움의 곳간도 점점 비어가는 나이.

울고 싶을 땐
눈물 나지 않더니
때때로 나도 모르게
눈가 자주 붉어진다네.

김 일 태

1998년 『시와시학』으로 등단
시집 『바코드 속 종이달』 등 7권 발간
창작 가무악극 〈백월이 중천하여〉,
창작 무용극 〈복숭아꽃 살구꽃〉 등 다수 대본
창작 국악 창무극 〈수로여 대가락이여〉 등 연출
〈통영국제음악제〉 〈창녕 낙동강유채축제〉 등 종합 기획
경상남도문화상, 창원시문화상, 시민불교문화상,
시와시학젊은시인상, 김달진창원문학상 등 수상
현재 (사)고향의봄기념사업회 회장, 이원수 문학관 관장,
창원세계아동문학축전 조직위원장 등

둥글어진다는 것

둥글다는 것은 세월의 상형
무뎌 가는 요령으로 오랜 시간 건너온
냇가의 몽돌을 보라

서로 겨냥할 때는 상처 주다가도
쉬이 얽혀 벽 만들고 울타리도 짓는 모난 것들
철없다 치부하며
동글동글 독거獨居를 채비한 저 둥근 것들

세상의 모든 진화는 독毒으로부터 시작된다며
언제까지나 최상일 것만 같아 각 세웠던
젊었을 적

누구에게나 막무가내로 겨누었던 날 뭉그러지고
적막으로 두루뭉수리 해져 가는
예정된 이 행로

오지 않을 누구 마냥 기다리는 일같이
추억 몇 가닥 쥐고 과묵하게 낡아 가는 것

둥글어진다는 것은
스스로 자신 있게 외로워진다는 것

볼록한 아침

비 갠 아침
오목눈이 새 한 마리가
꽃 진 복숭아나무 가지 끝에
봉긋이 앉아 있습니다

새의 고사리 발 부러질까 봐
살짝 쥐고 있는 휘추리가
새의 숨소리 따라 볼록하게
휘어져 옵니다

쳐다보는 내 마음도
함께 팽팽해져서
꽃대 끝에 맺혀 있는 붓꽃처럼
자꾸 초롱초롱해집니다

어머니 보리菩提

열 살 땐가 어머니와 둘이서 보리밭 매다가
밭둑가 소나무 그늘에서 점심 먹는데
무심결에 발을 타고 오르는 개미 한 마리
손으로 툭 털어 발로 밟았다

어머니는 낭패한 표정으로 손사래 치시며
큰아야 그라지 마라
그라마 개미들이 더 달라든다 잘 봐라
하시며 개미 한 마리를 집어 오므린 손바닥 가운데 놓고
탁탁 두어 번 손뼉으로 혼내 놓고는
땅에 조심스레 놓아주셨다

그라마 야가 저그 친구들한테 가서
그게 가마 큰일난다꼬 가지 마라 안 카겠나
마 죽이삐리마 다른 아들이 우애 알겠노
하셨다

손뼉 소리에 놀라 겁먹은 개미보다
내 마음이 더 먹먹하였다

가야 할 길
— 명예퇴직

도심
가로등이 제 발을 보고 있다

고개 숙여
물끄러미

자동차 소리 드물게 왔다 가고
물소리도 잠잠하고
바람마저 얼씬 않는
늦은 저녁

그 곁에

사내 하나
목을 빼고
제 발을 내려다보고 있다

부처고기 같은

어미 하나 있었네
맛없이 살다 간

제 속에 여섯 새끼 꽁꽁 품어
혼자 살아갈 만치 키워 세상 내보내고는
휘휘 제 세상 한번 헤엄쳐 둘러보지도 못하고

홀쭉해진 한 생 막바지 뜬눈으로 돌보던
새끼 하나 먼저 보내고
못 진 가슴 기진맥진하다가
괭이갈매기 새끼 먹이로 물려 간 망상어*같이
저승으로 선뜻 채여 간
어미 하나 있었네

자식새끼 얼러 키운다고
망치 맹치 같은 별호로 불려도
붕어 같은 작은 입 앙다물고
하나도 부끄럽지 않았던

떠난 뒤에야 자식들 가슴에
별로 살아난
어미 하나 있었네

* 망상어 : 배 안에 10마리 정도의 새끼를 키워서 낳는, 민물의 붕어같이
  생긴 완전 태생 어류. 힘겹게 새끼를 낳은 뒤 홀쭉해진 배로 기진맥진 바
  다 위를 허우적대면 괭이갈매기가 덥석 물어 제 새끼에게 가져다 먹이는
  광경을 보고 난산을 우려하여 임산부에게는 잘 먹이지 않는 풍습이 있으
  며, 망치 또는 맹치라고도 부르고 그 희생 정신을 높이 사 하늘의 별 같은
  고기라 하여 망성어, 부처고기로도 불림.

달의 간을 보다

비우면 길이 난다는 걸
서산 개펄에 와서 보았다

사랑에 이르는 요령도 그럴 것이다
속에서 비움으로써 그대에게 다가가는 요령
그때 그 노승도 그랬을 것이다

깊은 밤 섬이 길을 열어 육지를 다녀가듯
그대가 잠시 잠깐 나를 다녀간들 어떠랴
온종일 막막한 그리움으로 자불거리다가
하루 한두 번 온몸으로 서로를 받을 수 있다면

시월의 보름달 좋아
간월섬*이 길을 끊고 바다에 둥둥 뜨듯
그런 철없는 사랑 한번 해 보고 싶네

* 간월도(간월암) : 무학대사가 이곳에서 달을 보고 깨달음을 얻었다 하여
  이름 붙여진 충남 서산의 바닷가 작은 섬과 암자.

룽따처럼
— 안나푸르나 가는 길 1

나도 그대의 공간에서 깃발이고 싶다.
갈기 너덜해지도록 간절히
원願 하나 실어 보내고 싶다.
삼매 든 설산 향해 발뒤축 세운 룽따처럼
땅과 물과 불과 바람과 공기의 빛깔로
나부끼고 싶다.

신들이 저들의 말 읽은 흔적으로
깃발 늙어가듯이
고독하여 깊어지는 요령으로
영욕 지우며 낡아가고 싶다.

나의 사랑 너무 읽어 희미해지면
깃발 바꾸어 달듯
다시 간절한 사랑 하나 만들어
그대 눈높이로 달고 싶다.

* 룽따 : 바람의 말(風馬). 불교 경전이나 소원을 적어 장대에 매달아 놓은,
  우주의 다섯 원소를 상징하는 청백적녹황 오색 깃발. 바람에 펄럭일
  때마다 기도가 신에게 전해진다고 믿음.

안녕, 피에르
— 술탄의 제국 동화의 나라 1

버릴 수도 되돌릴 수도 없는 시간이 머물고 있는 곳 보
았네
가장 높은 곳에 담겨 있는 낮은 이야기였네
골든혼 언덕 위 피에르 찻집 차이를 마시면서
사랑은 달콤하고 쌉싸름하다는 걸 맛으로 알았네
간절해진다는 것은 살아 있다는 것
기다리고 있다는 것은 사랑할 수 있다는 것
백 년 전 오늘처럼 벚꽃 만발한 언덕에서
노을 지는 갈라타 다리 내려다보며
그대는 알지야데 환영을 더듬었겠지?
뜨면 사라질까 두려워 눈 덮은 채
남들은 알아들을 수 없는 얘기 나누고 사랑을 베껴 적
으며
서로의 가슴에 묻을 수 없는 육신 비벼대다
열꽃 또한 별처럼 떴겠지?
기다림을 완성하고 떠나는 이들은
단 하루 만에 가볍게 떠나지만
불완전한 이들은 백 년이 흘러도 꿈을 버리지 않는다
는 걸

금빛 바다가 진혼의 나팔소리로 오래오래 증언하고
있네
　그대 섰던 언덕에는 지금
　마저 하지 못한 두 사람의 사랑 얘기처럼 하얀 돌배꽃
날리는데
　지금은 우리 가슴에서 멀리 떠나 있는
　애절한 사랑을 위해
　기다림 모르는 이 시대의 거짓 사랑 묻어버리기 위해
　나는 오늘 그대에게 울음 한 모금 바치네
　곁에 있을 때 아무렇지도 않던 일이
　가고 없어 참사랑인 줄 알 수 있다면
　추억 속 작은 찻집에서 백 년 동안 아침저녁 불러본들
　어디 한구석 평화가 깃들 수 있으리
　사랑은 끝이 없고 만져지지 않는 것이라 그대 항변하
지만
　어딘가 숨어 있을 그대 흔적 뒤지러 내가 잠시 자리 뜬
사이
　부동의 마음으로 마음 졸이며 기다린 아내의 손을 잡
으며

나는 잠시 덜컹거렸네
타고 올라간 낡은 케이블카처럼
결국 그대는 늦어버린 사랑을 썼지만
나는 그대를 통해
다가올 사랑을 예약하네

* 갈라타 다리 : 터키 이스탄불의 구시가지와 신시가지를 잇는 다리
* 피에르 로티 언덕 : 이스탄불에 솟은 7개 언덕 중 가장 아름답다고 알려진
  언덕
* 피에르 로티 : 프랑스 작가(1850~1923), 해군 장교였던 그가 이스탄불의
  유부녀 아지야데와 이루어질 수 없는 사랑을 나누다 프랑스로 돌아간 뒤
  참사랑을 깨닫고 1년 만에 다시 돌아왔지만, 여인은 핍박과 외로움에
  죽고 피에르 로티는 그녀와 추억이 서린 언덕 위의 찻집에서 그녀를
  생각하며 소설 『아지야데』를 집필한 것으로 유명함.

동방의 집시 되어

하늘 내린 말씀 고분고분 따르는
귀주성 첸둥난의 먀오족 한 작은 마을
늙은 족장 둘째아들쯤 한번 태어나도 좋겠네
다음 생에서는
소뿔 모양 가채를 쓰고
홍의紅衣에 홍조 띤 얼굴로
장미꽃잎 든 주먹밥 건네주는
손도 발도 입도 얼굴도 오목조목한
슬픔도 아픔도 돈맛도 모르는 처자 만나
유채꽃 향내 고인 저녁나절
꾸냥방에서 손가락 야물게 걸고
다락집인들 어떠랴 차차방 돌집인들 어떠랴
호두껍데기처럼 거칠지만 거짓 없는 다랭이 논밭에
벼 옥수수 밀을 심어 가꾸며
호두 속살같이 한 생 살다가
어느 키 작은 나무 밑에 나를 주어도 좋겠네
남자가 아닌들 또 어떠랴
먀오의 여인으로 태어나
팔뚝 장딴지 울퉁불퉁한

38

눈매 선한 사내 하나 들여
노생의 가락처럼 가느다랗게
한 생 살아도 좋겠네

* 먀오족 : 오랜 기간 한족과의 대립 투쟁 속에서 쫓겨 중국 서남부 여러
  성의 산간 지대에 모여 살며 불절불굴의 영웅 기개로 춤과 음악 연극을
  즐기는 소수 민족으로 '산지의 이민', '동방의 집시'로도 불림.
* 먀오족 처녀들은 축제 때 마음에 드는 남자에게 빨간 장미꽃잎을, 좀 더
  고려해 봐야 할 관계는 솔잎을, 싫으면 고춧가루를 주먹밥에 넣어 사랑을
  표현하는 풍습이 있음.
* 꾸냥방 : 고랑방. 먀오족 일부 지역에서 젊은이들이 연정을 나눌 수
  있도록 마련해 놓은 장소
* 차차방 : 대나무를 엮고 그 위에 흙을 발라 만든 창문도 없는 간단한 집.
* 노생 : 루셩. 청아한 소리를 내는 먀오족의 전통악기로 갈대로 만든 생황.

초발심

개미 한 마리
유월의 볕에 소신공양한
잎벌레를 물고
뒷걸음질로 옮겨가고 있다

거저 얻은 것에 대한
정중함이
눈부시다

민창홍

1960년 충남 공주 출생
1998년 『시의나라』와 2012년 『문학청춘』 신인상으로 등단
성지여중 교감 재직
시집 『금강을 꿈꾸며』 『닭과 코스모스』
서사시집 『마산 성요셉 성당』
경남문학 우수작품집상, 창작예술상(문학) 수상
2015년 세종도서 나눔 우수도서(『닭과 코스모스』) 선정

영락영배

잔을 흔들면
신하가 달려와 술을 따랐다는 영락영배
경주 방문 기념으로 거실에 두고 바라본다
투구 같기도 하고
갑옷 입은 장군 같기도 하다
환호하는 잔 둘레 달개 장식
천 년 전 장군의 호령에 군기든 병사처럼 흔들리고
개선장군 맞이하는 왕은 취한다
기쁨은 가득 부어도 비어 있는 것인가
승리를 부어 흔들었을 그날의 왕궁
거실에 와 있다
홀로 문 열고 들어서는 저녁엔
장군도 없고 왕도 없고 신하도 없는데
잔을 흔들어본다
달려오는 이 없고 술 따르는 이 없는
영락영배의 달개 소리

* 영락영배 : 신라의 토기

구절초 이야기

산다는 것은 해맑게 웃는 것인가
겸손하게 고개 숙이는 것인가

우리 새끼 하며 달려올 것 같기도 하고
수염을 쓸던 손 흔들어 줄 것도 같은
스산한 바람에 꽃잎 흔들며 바라보는

구절초
달빛처럼 쏟아지는 언덕

오가며 어깨를 부딪치다가
투박하게 지껄이다가
미지근하게 미소 짓다가

흥정의 소리들 뜨거워
행복을 사고팔며 나누는
시장통에서 만나던 사람들처럼

어느 산골에 무더기무더기

적송 아래 눈처럼 덮여
가을을 흔들어대고 있다

기차

어디로 가는 것일까
초침같이 떨어지는 수액 속으로
기차가 지나가고

빌딩들 사이로 날아드는 경적
이따금 철교를 건너는 소리
철거덕 철거덕

지그시 눈 감고 헤드폰에 매달린 신경세포들
자기공명 영상의 터널에 갇혀
독한 항생제로 염증과 수다를 떠는 밤

기도하는 것일까
어둠의 무게를 재고 또 재다가
덕지덕지 붙은 죽음을 떼어내고 또 떼어내다가

가을을 오롯이 지켜내는 풀벌레
절박함일까
무어라고 울어대고

밤을 찢는 고양이의 괴성까지
어둠을 흩어 놓으며 아우성치는
건널목의 방울 소리

그 끝은 어디일까,
이쯤은 아니겠지

어디로 가고 있는 것일까
방금 간호사가 교체하고 간 링거액을 품고
기차가 새벽을 지나간다

수도원에서

발자국 소리조차 조심스럽다
안개가 자욱한 숲이다

커다란 나무 비껴가는 어둠의 켜
작은 나뭇가지에서 흔들리고
바람으로 다가오는
새벽

크리스마스 트리 환한 시청 광장
선거 유세로 떠들썩한 광화문 광장
덕수궁 돌담길 연인처럼 팔짱을 끼고
아직도 잠들어 있다

미끌미끌하게 남아 있는 지난밤의 취기
미끄러져 가는 어딘가
천상의 소리 울려 퍼지고

덕지덕지 달라붙은 습기
돌계단에 내려놓는

발아래 불빛들

안개가 자욱한 숲이다
고요를 걸어간다

폭설이 내리는 도로에서

하루살이의 춤이다
점점 격렬한 무희舞姬

그리움 한바탕 몰아치더니
나방은 껍질을 벗고

차창에 하나둘
삼천 궁녀가 된다

이렇게 마감한들 후회가 없겠나
얼마나 긴 여정을 돌아왔는데

과감하게 내던지는
하루살이의 꿈

전설은 죽음이 되어
눈꽃이 피고

나는 무엇을 향해 달려가고 있는가

나는 누구를 향해 달려가고 있는가

와이퍼가 만드는 부채살
새하얀 세상 굽어보는데

할머니와 강아지

진한 곰국 따끈하게 들이킨 아침
살점 하나 붙어 있지 않은 뼈다귀
강아지 던져주고
지팡이가 지탱해 주는 무게만큼
겨울 뜨락에 서 있다
더 이상 우려날 것 없는 뼈를 핥으며
꼬리 흔드는 녀석에게
밤새 서걱거리던 뼈마디 소리와 함께
길쌈하며 구부러진 세월까지 던져준다
고드름 녹아내리는 추녀 끝
간밤의 꿈처럼 소복이 내린 눈
자식들 떠나간 자리에 관절마저 무너져 내린다
두 발로 굴리며 요리조리 잘도 갉아먹는
강아지, 어찌 미워할 수 있으랴
삼 일 만에 마실 온 뻔뻔스러운 햇빛
그것도 벗이고 행복이라고
치아 없는 움푹 팬 볼에 정을 담는다
금세 짹짹거릴 것 같은 제비집 비어 있고
햇살 피해 먼 산 바라보는 눈
까치 한 마리 짖는 감나무

바가지

삶의 찌꺼기 쏟아지는 등산로에서
오아시스처럼 솟는 약수 한 모금 머금고
산기슭의 조롱박 하늘을 쳐다보네

기둥과 서까래만 남은 초가집

하얀 삼베에 싸인 베개
아버지의 두 손에 바쳐져 문지방 넘고
옥돌 위에 웅크린 바가지
천 길 낭떠러지로 부서지네

좁은 마당 꾹꾹 눌러 놓던 소리

어머니는
조석으로 쌀 뜨며 그 소리 듣네

채워도 늘 비어 있는 쌀독처럼
쓸쓸한 노년의 그림자
조롱박 반쪽이 되지 못하는

장성한 아들

가끔 나는
쌍둥이들 보면서
어머니 쌀 씻던 그 소리 못 들은 척하네

거미 몸속에는 거미줄이 없다

바닷가 화랑 담벼락
거미 한 마리
소담스런 수국에 내려앉아
이슬방울에 비치는
햇빛을 뜨개질한다

가늘고 어설프게 왔다갔다
꼼지락거리는 손놀림이 계속된다
언제 햇빛이 사그라지고
비가 내릴지 모르는 오후
휴식처럼 거미는 외줄타기를 한다

꿈을 꾸듯
방금 욕실에서 나온
희다 못해 눈이 부신 곡선의 여인
흰 줄 안에 꼭꼭 묶여
함초롬하게 거실 중앙에 풍만함 드러내고

꽃잎도 바람에 잦아드는 그의 집

나비가 날아오고
벌들도 날아오는데
추상화 속 여인
허기진 채 세월을 낚고 있다.

멍순이

이웃집에서 얻어다 딸처럼 키운
짖지 못하는 멍순이
늘 두발 들어 낑낑거리며 사람을 반긴다

집 잘 봐야 한다
조석으로 말을 건네 보는 어머니
처절한 그리움으로 답답함 토해내지만
입가에 거품이 될 뿐
절규하는 몸짓은 소리가 되지 못한다

세상에 제 할 말 다 하고 사는 사람 어딨다냐
하시며 속상해하다가도
너무 어린 것을 젖떼어 그렇다고 여기는
어머니는 장날 생선가게에 들러
버려지는 것들 얻어다 성찬을 마련한다

마실 온 이웃집 개와 눈 맞아
새끼 여섯 마리 순산하고
수화하듯 두 발 들어 허우적대는

고향집 멍순이

인기척이 나면
발톱이 해어지도록 땅을 긁는데
짖어야 할 때 짖지 못하는 사람 얼마나 많더냐
하시며 애처로워하다가도
그저 이쁘다고 쓰다듬는
우리 어머니

손금

생각이 손금처럼 복잡하다
어디가 시작이고
어디가 끝인가
잔금이 새벽 서릿발처럼 반짝인다
이게 내 생인가
가지를 치고 뻗다가
다시 만나듯 합쳐지는 물줄기
어디쯤 흘러가는 것일까
갈라진 길 이어간 것이
칠성님 덕이라고 아직도 믿는 어머니
주름살 같은 텃밭의 고랑의 채소
싱싱하게 키워내는 재미가
당신이 살아가는 이유인 것처럼
나는 매연이 탁한 거리를 확보한다
손으로 햇빛을 가리다
거리에 어둠이 밀려오면
안부 되묻다 울먹이는 술잔
언제쯤 돌아가야 하는 것일까
아직도 할 일이 많은 손을 내려 본다

성선경

1960년 경남 창녕 출생
1988년 한국일보 신춘문예 시 부문 「바둑론」 당선
시집 『석간신문을 읽는 명태 씨』 『봄, 풋가지行』 『진경산수』
『모란으로 가는 길』 『몽유도원을 사다』 『서른 살의 박봉 씨』
『옛사랑을 읽다』 『널뛰는 직녀에게』
시선집 『돌아갈 수 없는 숲』
산문집 『물칸나를 생각함』
시작 에세이 『뿔 달린 낙타를 타고』
동요집 『똥뫼산에 사는 여우』(작곡 서영수)
월하지역문학상, 경남문학상, 마산시문화상,
시민불교문화상 수상

호박잎 다섯 장
— 지천명知天命

살면서 이게 미끼인 줄 알고도
덥석 바늘 채 삼킬 수 있어야 대물大物

그저 미끼만 따먹고
제 깜냥엔
스스로 영리하다고 생각하는 건
아무래도 조무래기 잔챙이

이게 운명인 줄 알아서
제 발로 스스로
불 속으로 들어갈 수 있을 때

그제야 지척에서 보이는
호박잎 다섯 장
지천명知天命.

호박잎 다섯 장
— 안다는 것

달팽이 박사 권오길 선생에 의하면
솔방울 비늘은 대략 100개
민들레 홀씨는 123개
밤송이 가시는 3,000개란다.

산다는 건
지네가 발 없는
뱀을 부러워하는 것

그렇다고
콩 한 되를 쏟아놓고
그게 몇 갠지 셀 수는 없다.

고랭지 배추는 대략 80겹
라면 한 개의 길이는 42미터

그러나 세상사 알고 보면 다 부질없다.
7천여 개의 언어 중 문자화된 것은 겨우 40여 개

호박잎 다섯 장
― 민달팽이

오체투지로 민달팽이가 간다.
성지聖地가 어디인지 안다는 듯
곧장 간다.

호박잎도 한 장 걸치지 않은 채
온몸을 땅에 붙이고 간다.

저 멀리 서 있는 산

나는 저렇게 기어가는
어떤 순례자를
티브이에서 본 적이 있다.
그들도 온몸을 땅에 붙이고 갔다.

머뭇거림 없이 곧장 가는 삶
거기서 나는 신神을 보았다.

호박잎 다섯 장
— 잔치국수

그저 멸칫국물에 만
흰 국수 가락을 건져 올리다
뜬금없이 그대의 하얀 덧니 웃음을 생각한다.
실낱같이 흰 국수 한 가락을 건져 올리다
뜬금없이 그대가 보고 싶고
그대에게 사랑한다 말하고 싶어진다.
국수 가락같이 여린 듯
가는 듯 나를 감아오는 그대
내가 너일 때가 분명 있었다고
생각의 입을 열자
쑥—
내 안으로 밀고 들어오는
그대의 하얀 덧니 웃음
늘 끊어진 듯 이어진 차지고 질긴
이 연민, 참 칼칼하다 생각한다
이 가늘고 긴 생각의 타래
뜬금없이 사랑한다 말하고 싶다.

호박잎 다섯 장
— 추분 근처

가을이 태평양같이 맑은데
탱자나 따러 갈까, 우리?
제 살을 파먹는 가시를 피해
어쩌면 저렇게 향기로울 수 있을까?
노랗게 주렁주렁
탱자울이 가시를 곤추세운 게
저 자식들을 향기롭게 키우려 그랬는지 몰라
자식들이 저렇게 향기로울 수 있다면
탱자같이 주렁주렁 낳아도 좋으리
탱자를 태몽으로 꾸어도 좋으리
노랗게 주렁주렁
어쩌면 저리 향기롭게 주렁주렁
강남에 가면 유자가 될지도 모르는데
지금은 아직 탱자
탱자나 따러 갈까, 우리

불알이 탱탱해지는 추분 근처.

호박잎 다섯 장
— 엄지손가락

아이들은 내가 지나가면 엄지를
쭉 내뻗어 보였다. 나는
기분이 좋았다. 나도
엄지를 쭉 내뻗어 보였다
나는 엄지다. 기분이
좋았다. 그래, 나는 엄지다
우리는 늘 이렇게 엄지를
쭉 내뻗어 인사를 했다
그래, 나는 으뜸이다
이렇게 생각했다
그런데, 그런데 글쎄
한참이나 지나서야 알았다
엄지가 키 작고 배 나온 사람을 뜻한다는 걸
좀 억울하긴 했으나 그래도 나는
좋았다. 그래, 나는 엄지다
키 작고 배 나온 사람.

호박잎 다섯 장
— 징검다리

사는 일은 그냥
징검다리 돌 하나 되는 것이네
징검다리는 길손을 안전하게 건네주는 일
너무 커도 되지 않고 너무 작아도 되지 않는
징검다리 돌 하나 되는 것이네
크기만 하면 다 되는 줄 아는
크기만 하면 다 좋은 줄 아는
내게 전해 주는 저 스승의 말씀
네가 사는 삶이나
내가 사는 삶
길손을 안전하게 건네주는
징검다리 하나 되는 일
나는 가만히 둥글게 등을 마네
사는 것 모두
징검다리 돌 하나 되는 일이네.

호박잎 다섯 장
— 아흔아홉 칸의 집

백 칸이 넘는 집은 궁궐이라
임금님만 산다. 그래서
나의 집은 아흔아홉 칸
아흔 칸은 은행에 맡기고 아홉 칸만 쓴다
두 칸은 집 없는 새에게 내어주고
어머니 세 칸, 내 네 칸
남들은 보기 좋아라, 하지만
이는 장손만이 누리는 호사
아들이 오면 한 칸 내주고
딸이 오면 또 한 칸 내주고
나머지는 길 잃은 새들의 차지
내게 오는 손님 앉을자리 마련하느라
내 등 기댈 데 없다
내게 꼭 필요한 것은
고작 한 두어 평 쪽방 하나 그것뿐인데
그래도 나는 아흔아홉 칸에 산다.

호박잎 다섯 장
— 철부지

내 속에 있는 어린 꼬마가
고함을 지르듯
싫어!
싫어!
고개를 흔들면
나는 숨이 막혀서
땀만 쭉 쭉
어찌하면 저 꼬마 아이를 달랠 수 있을까요?
나는 아무 말도 못하고 손만 비비는데
내 속의 어린 꼬마는 계속
고함을 지르듯
싫어! 싫어!
고개를 흔들고
나는 어찌하면 좋을까요?
눈만 깜박이며 말을 잃네요.
싫어! 싫어! 아직도 떼를 쓰는
내 속의 어린 꼬마 아이 하나
꾸중도 모르는 철부지 하나.

호박잎 다섯 장
— 종심從心

참, 세상 살기 어렵다 말하니
친구는 그저 쪼대로 살아라, 한다
쪼대로 사는 것 좋지!
그런데 어디 그게 말처럼 쉬운가?
공자님 같은 성현도
칠십이 되어서야 마음대로 해도
법도에 어긋나지 않았다는데
우리 같은 조무래기가
제 쪼대로 하다가는 필경
사흘도 못 넘기고 자빠질 일
십 리도 못 가서 발병 날 일
마음은 아직 어린애라서
어리광도 심하고
투정도 심하고
칠십이 되어도 쪼대로는 못 살 일
어쩌나, 나는
세상살이 아무리 어려워도
그저 내 속의 어린애나 달래며
흰 머리카락이나 키울 뿐
마음 접고 내 속의 어린애나 돌볼 뿐.

이달균

1957년 경남 함안 출생
1987년 시집 『남해행』과 무크 『지평』으로 문단 활동 시작
시집 『문자의 파편』 『말뚝이 가라사대』 『장롱의 말』
『북행열차를 타고』 『남해행』 등
영화 에세이집 『영화, 포장마차에서의 즐거운 수다』
중앙시조대상, 중앙시조대상신인상, 경상남도문학상,
마산시 문화상, 경남시조문학상 등 수상

외계인

외계인이 왔다.
갑자기 지구인은 어마두지하다.

"긴장하지 마라. 우리는 수억 광년 떨어진 별에서 왔
다. 우리의 관심은 그대들이 아니라 지구를 푸르게 비옥
하게 애쓰는 지렁이, 쇠똥구리 등속이다. 이미 그들과
우린 오랫동안 교신해 왔다."

마산항

고래는 없다
파도를 물어뜯는 상어도 없다

그래도
고래고래 소리치는
술고래는 있다

풀린 동태 눈깔에 비치는
어시장 난전

산업 사회 저물다 1
― 마산

오븐에서 갓 구워낸 구름들이 맛있다고 재잘대던 그
녀들
조금씩 지문이 돌아오던 어느 날 공장을 나와 하염없
이 떠났다.

바다로 가지 못한 20세기는
장기 두는 노인들 곁에서 훈수만 두다 그들보다 먼저
늙어 화석이 된다.

이 빠져 개발새발, 이런 제기랄 재개발!

풍속도

극장을 나오며
모두 손전화를 꺼낸다
약속하지 않아도 너무나 익숙한 연기
위성과의 교신은
일상으로 가는 통과제의

안 받데?/어, 영화/어제 말한 그거? 잼데?/별로/리얼
리티는?/깨뿔/하긴/모하니?/넌?/배고파서 라뿍!/누구
랑?/신경 꺼/외계인이랑?/신경 꺼래도/좋겠당/부럽
냐?/응/너 가져

문자는 하늘로 가고
구름에 부딪힌 말들은
증발한다.
빗방울이 되지 못한
허공의 입자들
흩어져
끊임없이 과거가 되는
파편,
문자의 파편

나는 왜

나는 왜 불처럼 살지 못할까
나는 왜 얼음처럼, 눈물처럼
새벽처럼 살지 못할까

문틈으로
세상을 내다보는 나를
누가 회색 물감으로 그리고 있다

동백꽃

눈 위에 떨어진
동백꽃 한 잎
새벽 정사 끝내고
황급히 돌아가다 볼일 보는 여인처럼

입술
붉다

일간 스포츠

왜 하필 거기서 미망인의 상복喪服이
잘 어울린다고 생각했을까.

친구들은 포커, 난 무심히 박찬호를 읽는다.
상가에서도 메이저리그의 고군분투는 감동적이다.

하긴, 며칠 후면 아이들은 어린이 회원으로 가입하고
그녀도 야간 경기에 갈 옷들을 장만하리라

연봉이 영웅을 정의하는 시대
살아온 패와 손에 쥔 패를 비교하면서
열심히 카드를 돌릴 때

나는 혼자서 일간스포츠를 본다
승부할 그 무엇도 없는 밤이 길다.

스캔들
― 화가 정진혜

"진혜야, 요즘 뭐하노?"
"예, 우체국장님이랑 차 마시고 드라이브 가고…"

쯧쯧, 시골서 얼마나 외로웠으면, 그래 2대 8 가르마에
사람 좋은 금이빨도 나쁘지 않지
수군수군 그녀의 때늦은 사랑에 대해 그 촌티 나는
열애를 재밌어하며

젠장, 평촌우체국장은
여자다!

흥부반점, 12시 5분

새벽시장에 음식 준비, 오토바이 손보고 배달 가고 그 릇 챙기고…. 개자식, 다방은 언제 가고 여관은 언제 갔 단 말인가. 오냐, 뒈져 봐라, 퉤퉤 니 죽고 내 살자. 침 뱉고 밀가루 흩날리며 면발 때린다.

"여기 기산프라잔데 짬뽕 두 개 빨리요!" 전화는 울고, 희뜩퍼뜩 출몰하는 바퀴벌레 프라이팬으로 작살내자, 참았던 오줌보 터진다. 바지는 엉덩이에 걸려 내려가지 않고, 찔끔찔끔 눈물은 나고, 남은 오줌 털어낼 짬도, 손 씻을 새도 없이 재워둔 아이가 울어서 후다닥! 문을 여 는데, 또 전화 "아까 시킨 짜장 우찌 됐소?" 아아, 씨팔!

두레박

두레박은 하늘에 걸려 있습니다. 제대로 정박하지도 지상에 내려오지도 못합니다. 잊힐 준비를 하는 기억의 문 한켠에 쓸쓸히 낮달로 걸려 있습니다.

사람들은 아무도 그의 존재를 믿지 않았으므로 하늘로 오르는 사다리를 만들지 않습니다. 그는 내닫힌 유년의 문, 혹은 의문의 지하로 이르는 통로, 뚝뚝 정수리를 때리던 먼 지하의 물방울 소리. 어두운 지구의 수맥에서 올라오던 냉기에 끌려 우물 속으로 나무관을 내려버린 아이가 있었습니다.

두레박은 불안한 아이의 영혼처럼 하늘에서 잠들지 못합니다. 물론 지상에도 그의 집은 없어진 지 오랩니다. 우물이 없어져서가 아니라, 끌어올려야 할 그 무엇이 없어져 버렸기 때문입니다. 계시의 날들은 너무 멀리 가버렸습니다. 내게서 먼 지하의 음성이 사라지듯이 두레박은 철문에 닫혀 버릴 것입니다.

자전과 공전의 시속을 따라가지 못하는 별들은 별똥별

이 됩니다. 유성이 되어 지상에 추락한 사람들. 세월의 시속을 따라잡지 못한 그들 속에 내가 보입니다. 슬픈 두레박처럼 둥둥 떠가는 낯설고 낯익은 내가.

이월춘

1957년 경남 창원 출생

경남대 사범대 국어교육과와 동 교육대학원 졸업

진해남중 교감

1986년 시집 『칠판지우개를 들고』와 무크 『지평』으로 등단

시집 『그늘의 힘』 『동짓달 미나리』 『추억의 본질』

『산과 물의 발자국』 『감나무 맹자』 등

문학 에세이 『모산만필』

편저 『벚꽃 피는 마을』 『서양화가 유택렬과 흑백다방』

23회 경남문학상, 1회 월하진해문학상,

7회 진해예술인상 수상

연두의 형식

나무가 연두를 매달고 탑돌이하는 시간
벚꽃잎 강물에 두 눈을 빠뜨렸다
나는 원래 연분홍 콤플렉스가 없었지만
꽃잎을 볼 때마다 가벼워지는 고요의 무게
그 지극한 속수무책을 어쩔 수 없었다
가슴께를 찌르는 날인생의 송곳처럼
한 세월 지나 뒷산 능선으로 남을지라도
노란 허공의 등줄기에 삶의 단서를 심듯이
성냥 한 알로 꽃들의 신음을 다독이는 연등燃燈
새들이 저렇게 높이 난다는 건
봄바람이 구름만큼 가볍기 때문이다

감나무 맹자

늙은 감나무 한 그루
말없이 내 마음에 들어오신다
늦가을 바람에 멱살을 잡힌 가지들이
세상의 눈보라를 붙들고 우는데
뜨거운 강물 한 사발 들이킨 산그림자는
당신의 배꼽 근처에 앉아
저녁 연기의 노을 낙서를 읽고 있다
천자문을 베껴 쓰듯이 아버지
아버지의 삼베적삼을 부르고 부르다 보면
푸른 욕망이 붉은 하루가 되어
잎 진 자리마다 말씀으로 돋아 상처를 핥을 터
서둘러 사라지는 햇살의 옆구리가 시리다

사소함에 대하여

늙은 건축가는 설계할 때
집의 그림자까지 그려 넣는다고 한다
기쁨과 행복을 생각하기 전에
슬픔과 불행을 다독이는 마음이란다
그늘의 마음이란다
존재의 본의本意란다

오늘 만난 그의 그림자를 그려본다

물굽이에 차를 세우고

돌이킬 수 없는 시간이 강을 건너가고 있네
산 너머 세상의 언어는 사전 속에 묻어 두고
굳어버린 어깨를 흔들며 강둑의 푸른 마음을 따라가기
로 하였네
가지지 못하거나 할 수 없는 일에 연연하는 동안
너는 여태까지 뜨거운 눈물 흘려 본 적 있나
갈 길이 얼마나 남았는지 살피다가
지금까지 얼마나 왔나 돌아보지 못해
너무 늦게 차를 세운 게 아닌가 후회도 하지만
무엇이 내게 하늘 한 자락 허락하지 않았는지
잘못 앉은 내 삶의 여독이
다른 이에게 널리 퍼지지는 않았는지
깊은 절망의 강을 건너
저렸던 온몸을 부르르 한번 떨면
슬픈 노래도 행복한 귀로 들을 수 있는 나이가 되었네
쉽게 흔들리는 풀잎도 생명인 까닭을 알게 되고
제 스스로 뿌리를 내리고
하늘과 땅의 말씀을 받아들이는 겸손에
슬픔이 뭔지 알 때쯤이었네

이기지 않으면서 지지 않는 법을 가르치는 강물의 굽이들이

반짝반짝 빛나면서 내 등을 두드렸네

알맞게 찰랑이는 강물 저 너머가 벌써 환해지고 있었네

강가 늙은 버드나무

지금 흔들리는 것은 가을 강물의 외로움
여름내 가라앉은 푸른 이파리의 몸짓인데
들끓는 욕망 저 건너편에 늙은 버드나무 한 그루
밤새 생의 그물을 짜던 캄캄한 시간이 떠오른다
이제 겨울이 산모롱이를 돌고 있을 것이다
바람에 제 몸을 내줄 줄도 알고
철부지들의 돌팔매에도 빙긋 웃어주겠지
같잖다
내 아득바득 붙잡고 건너온 것이
잎 다 진 버드나무 가지 하나였다니

대팻밥

도시에 하나뿐인 정암사 옆 목공소에서
늙은 목수가 대패질을 한다
무념무상의 대패질로 바닥에 수북한 대팻밥
깎은 만큼 널판은 안성맞춤이 된다
덜어내야 채워진다는 주지 스님의 말씀이
이제야 마음속에 들어오신다

나도 깎아야지 마음의 군더더기와 헛말들
깎고 또 깎아낸 언어의 대팻밥
깎고 들어내고 떼어내면 온전한 시 한 편
내 속에 찾아오실까

춘서 春序

짝사랑은 대개 상처를 남긴다
더러 허공을 떠돌기도 하지만
저절로 치유되는 짝사랑의 낱장
주객이 따로 없는 세상천지 꽃기운도 그렇다
그대도 나도 한 송이 꽃이 되면 그뿐

청명 들꽃들이 곡우 산꽃들에 바통을 던져주고
수천의 색깔이 꽃잎 뒤태마다 피어나는데
하늘의 일이라던 삼한사온 없어진 지 오래다
매화가 피면 복수초, 벚꽃, 개나리 순이라 했지만
올해 꽃들은 앞뒤가 없다

소리 소문도 없이 우르르 왔다가
기약도 없이 저들끼리 하르르 지고 만다

사람살이에 피고 지는 게 순서 없듯
꽃나무도 하등 다를 게 없지 싶다가도
저마다 살겠다고 저리 서두른다면
목포 앞바다에 자리돔떼 별스럽지 않겠다

혜자의 눈꽃*

홀쩍 서른 해 저쪽
말복과 입추 어름이었지 아마
칠불사 계곡 대궐터 민박집 툇마루에 앉아
세한歲寒의 마당을 거닐며 추사를 만나고 있었지
드럼통 난로가 사람 온기 붉은 서정으로
한촌의 적막과 그리움의 책갈피를 넘길 때
노란 꽃술의 발자국 눈꽃이 피어났어
혜자보다 혜자 엄마의 사연은 인지상정일까
부뚜막에 앉아 부추전을 부치는 안주인의 등에
여름 나는 동안 겨울 그립고
겨울 나는 동안 여름 그립다는
서늘한 생의 사연이 따뜻하네그려

* 혜자의 눈꽃 : 천승세의 소설

고도

빨간 피터의 고백으로 한때를 풍미했던
경상도 꼬마 혹은 조물주의 실패작
연극배우 추송웅을 아시는가

아직도 고도는 오지 않았다
사무엘 베케트가 죽은 지 서른 해가 지났는데
임영웅이 마흔다섯 해를 기다렸다는데
아직도 오지 않는 고도를 믿고
그대와 나는 무엇으로 스스로를 추스르나

피리를 불어도 춤추는 사람 없고
세상은 이미 네 편과 내 편으로 갈라져
시베리아행 철로가 되어 버렸는데
살아 있음을 느끼려고 개울가 돌다리를 건너는가

시간을 감지하는 마음으로
고도를 기다린다 사람아 사람아

숟가락의 무게

하루치의 먼지를 털고
골목길 전봇대 그림자를 달고 온
마음의 남루를
저녁 식탁에 걸치고 앉는데
김치찌개가 묻는다
밥값은 하셨는가
남의 밥 뺏어 먹지는 않으셨는가
파김치도 한 말씀 하신다
밥숟가락 참 무겁다

하로동선夏爐冬扇의 시인들

이 달 균(시인)

1. 아직도 우리는 "왜 시인가?" 하고 묻는다.

하로동선이란 이름으로 6인 사화집을 묶는다. 이 시각 남도의 조선소들은 문을 닫고, 노동자들도 뿔뿔이 흩어진다. 그들에게 우리는 무엇이며 밤을 지새우며 쓴 한 편의 시는 또 무엇이란 말인가. 의견을 낸다는 것이 여름에 하로를 올리고 겨울의 부채를 바치는 얼뜨기라면 결과는 볼 것도 없다. 그러나 하로와 부채의 시각에서 바라보면 부정의 뜻을 긍정의 뜻으로 바꿔볼 수도 있겠다. 여름날의 화로와 겨울의 부채는 긴요해질 어느 날을 위해 묵묵히 세월을 견디는 존재이기도 하니까. 어쩌면 시는 우리에게 하로동선과 유사한 것인지도 모른다. 소용없다 싶어도 발효의 시간을 견디고 나면 간절히 다가오는 그 무엇, 그런 때를 염원하며 시의 밭을 일구어 온 것이 아닌가.

우리 삶의 근간은 경남 창원이다. 사실 창원은 마산, 창원, 진해가 통합된 하나의 도시지만 그 뿌리를 따라가면 마산에 닿는다. 그런 만큼 많은 공통점을 갖고 있다. 하지만 사람의 속성이란 같은 사물을 보고 같은 음식을 먹어도 각각 그 느낌을 다르게 기억한다. 이런 유사성과 차이로 인해 평소 소리 없이 흐르다가도 때로는 여울에서 충돌하고 파열음을 내기도 한다. 이곳은 급작스러운 이농 현상이 현실화된 도시였고, 산업화로 인해 퇴행의 바다를 목도케 한 도시였다. 출렁이는 인파의 소용돌이를 겪어야 했고, 썰물처럼 빠져나간 공동화를 아프게 체험했다.

그러므로 시적 상상력은 상당 부분 1980년대적 정서에 기대어 있으며 잽싼 정보화 시대를 따라 걷지 못하는 언더그라운드적인 몸짓을 하고 있다. 우리를 구성하는 것은 무엇보다도 인연의 끈이라 하겠다. 이월춘, 성선경과 나는 1981년 '살어리' 동인을 함께한 인연을 지금까지 유지해 왔고, 김우태는 우리 셋과 몇 년을 함께 부대낀 계간 문예지 『시와 생명』의 동지적 관계로 엮여 있으며, 김일태는 같은 해에 태어난 동갑내기(이월춘과 나) 시인 모임의 동질감으로, 민창홍은 우리 모두와의 날줄씨줄 같은 소중한 인연으로 한 묶음이 되었다.

그런 관계성은 '지역'이란 공간에서부터 비롯된다. 우리가 그려낸 그림은 지역이란 창을 통해 바라본 것이고, 그 속에서 만나고 들은 것들의 집적물이다. 삶의 여울을 건너오면서 무엇이 변했고 무엇이 변하지 않았는지를 생각한다. 이 글을 쓰면서 1983년에 펴낸 '3·15시동인지' 『비 내리고 바람 불더니』의 서문을 읽어 보았다.

"우리는 마산문화의 지역적 개성과 독자성을 존중하면서, 거기에 동참하고자 한다. 어떤 문화이든 그 지역적 개성과 독자성에 가장 충실할 때 진정한 존재 가치를 가진다고 보기 때문이다. 그렇다고 문화가 하나의 지역 안에 갇혀 있거나 고정 불변하는 것이라고는 물론 생각하지 않는다. …〈중략〉… 그것은 우리가 마산이란 땅에서 보다 튼튼하게 뿌리박고 살기 위한 인간적 욕구라 해도 틀린 말이 아닐 것이다. 그리고 우리가 참으로 마산적인 문화 현상에 충실한 시활동을 전개할 수 있을 때 이 땅의 모든 문화 현상에 대해서도 떳떳한 자부심을 가질 수 있다고 보는 것이다."

결국 우리가 가장 중요하게 생각한 것은 '이 땅의 모든 문화 현상'에 대한 떳떳한 시각을 드러내고자 한 다짐이었다. 그러나 그동안 우리가 겪은 문화 현상에 대해 떳떳하게 대응해 왔는지에 대해서는 의문이다. 현대는 정의할 수 없을 정도로 다양한 견해와 포괄적인 사회 현상이 혼재되어 있다. 그 속에서 우리의 나침반은 어디를 향하고 있었는지, 그 극복을 위한 몸짓은 치열했는지, 그도 아니면 다스리고 다스린 일관된 관조의 숨소리를 가졌는지를 냉철히 바라보아야 한다.

그에 대한 나의 대답은 명쾌하지 않다. 범위를 좁혀서

보면 현재 지역 문단의 모습도 이와 다르지 않다. 문학의 본질보다는 존재 과시를 위한 행사에 골몰해 있고, 적당히 인정하고 인정받는 문화에 익숙해져 있다. 어떤 글을 쓸 것인가 보다 어떤 상을 받을 것인가에 더 관심이 많다. 그러나 다행한 것은 아직도 우리는 "왜 시인가?" 하는 첫 물음을 금과옥조처럼 안고 살고 있다. 변화의 소용돌이 속에서 변하지 않은 초심을 확인한 것은 적잖은 위안이다. 수많은 책이 쏟아지는 속에서 작은 책 한 권을 내면서 이런 위안을 얻었다면 그 또한 꽤나 쏠쏠한 소출이 아닌가. 그런 마음으로 여섯 시인의 시를 읽는다.

2. 오체투지로 닦아 온 시업詩業

오체투지로 민달팽이가 간다.
성지聖地가 어디인지 안다는 듯
곧장 간다.

호박잎도 한 장 걸치지 않은 채
온몸을 땅에 붙이고 간다.

저 멀리 서 있는 산

나는 저렇게 기어가는

어떤 순례자를
티브이에서 본적이 있다.
그들도 온몸을 땅에 붙이고 갔다.

머뭇거림 없이 곧장 가는 삶
거기서 나는 신神을 보았다.
　　　　－ 성선경 「호박잎 다섯 장—민달팽이」 전문

　성선경 시인은 「호박잎 다섯 장」이란 연작을 선보이고
있다. 지천명知天命 지나 이순을 앞둔 시점에서 그가 만
난 '호박잎'은 무엇인가. 호박, 호박꽃, 호박잎은 귀한 존
재로 불리지 않는다. 요즘 말로 하면 흙수저에 해당된
다. 민달팽이는 그런 호박잎 한 장도 걸치지 않고 맨땅
을 오로지하며 간다. 땀을 흘리지도 않는다. 그가 닿아
야 할 곳은 '저 멀리 있는 산'이다. 어디서부터 온 길인지
는 모르지만 오체투지로 갠지즈 강을 향해 가는 사람들
을 보았다. 그들이 향해 가는 강은 깨끗한 강이 아니다.
오욕칠정으로 더럽혀진 물에서 무엇을 찾을 것인가. 시
인은 신神을 향해 가는 그들에게서 신神을 본다. 그러니
민달팽이에게서 구도자를 떠올리는 것은 어렵지 않다.
　시집 『서른 살의 박봉씨』에선 내 앞의 삶을 뜨겁고 아
프게 사랑했고, 『몽유도원을 사다』에서는 흔들리면서 세
상에 대한 또 다른 인식의 눈을 얻었다. 최근 시집 『석간
신문을 읽는 명태씨』에 오면 세상사의 번다함을 가감 없

이 노래하면서 때로는 딴지를 걸고, 똥침을 놓기도 하고, 짐짓 능청으로 거울의 뒷면을 보여주는 여유를 갖기도 한다.

성선경 시인의 삶에서 시는 종교처럼 다가온다. 시의 창으로 세상을 보고, 시의 창으로 미래를 보려 한다. 웅숭깊은 우물을 파고 여덟 권의 시집을 펴내었으니 그의 시업이 예사롭지 않다. 그런 의미에서 보면 성선경은 행복한 시인이다. 넓은 스펙트럼 속에서 좌고우면하지 않고 시의 이랑을 갈고 있는 그 한결같음을 볼 때 천생 시인임을 인정하지 않을 수 없다.

> 둥글다는 것은 세월의 상형
> 무뎌 가는 요령으로 오랜 시간 건너온
> 냇가의 몽돌을 보라
>
> 서로 겨냥할 때는 상처 주다가도
> 쉬이 얽혀 벽 만들고 울타리도 짓는 모난 것들
> 철없다 치부하며
> 둥글둥글 독거獨居를 채비한 저 둥근 것들
>
> 세상의 모든 진화는 독毒으로부터 시작된다며
> 언제까지나 최상일 것만 같아 각 세웠던
> 젊었을 적
>
> 누구에게나 막무가내로 겨누었던 날 뭉그러지고

적막으로 두루뭉수리 해져 가는
예정된 이 행로

오지 않을 누구 마냥 기다리는 일같이
추억 몇 가닥 쥐고 과묵하게 낡아 가는 것
둥글어진다는 것은
스스로 자신 있게 외로워진다는 것
　　　　　　　　 – 김일태 「둥글어진다는 것」 전문

　김일태 시인은 이순耳順 고개에 닿았고, 성선경 시인은
그 고개를 바라보고 있다. 두 사람은 바람길을 허위허위
쉬지 않고 걸어왔다. 오체투지로 닦아 온 시업이지만 이
웃을 향한 시선은 늘 따뜻하다. 두 사람은 비화가야非火
加耶를 고향으로 가진 공통점이 있다.
　인용한 김일태의 시는 그를 잘 나타내는 작품이다.
"둥글어진다는 것은" 모든 사람들의 바람이다. 그러나
세상사가 바램대로 다 이뤄지진 않는다. 발길에 차이는
몽돌밭의 몽돌들이 이렇게 둥글어지기까지 얼마나 많은
세월을 견뎌왔던가. 그래서 시인은 그 둥근 모습을 "세
월의 상형"이라고 했다. 절묘하다. 무형의 세월을 가장
적확한 이미지로 표현했다. 독毒기를 품은 젊음은 아름
답다. 그런 상처야말로 꽃이 아니던가. 예정된 행로라고
하지만 "과묵하게 낡아가는 것"은 결코 아무에게나 얻어
지는 결과물이 아니다. "스스로 자신 있게 외로"워지고

자 하는 마음 없이는 둥근 성취를 얻을 수 없다. 이 시는 스치듯 지나가면 평범해 보인다. 그러나 이 구절에 눈길을 주면 범상한 시가 아님을 깨닫게 된다. 둥글다는 것은 적 없이 대충 편하게 사는 것이 아니라 "과묵하게 낡아가는 것"이며 "스스로 자신 있게 외로"워질 수 있는 자만이 가질 수 있는 경지임을 말해 준다.

시인이라면 이런 시를 쓸 수는 있으리라. 그러나 시와 사람이 일치되는 경우는 거의 없다. 자신 있게 말할 수 있는 것은 이 시와 시인 김일태는 하나다. 시인은 늘 미소를 잃지 않는다. 그렇다고 해서 밀려오는 파도를 피한 적도 없다. 물결이 오면 온몸으로 그 파도에 맞섰으며 구르는 이웃한 돌들에겐 몸소 길을 보여주었다. 방송인으로 문화기획자로 공연 연출가의 길을 걸어오면서도 사람다운 냄새를 잃은 적이 없다. 이 시가 공허하지 않은 까닭이다.

3. 긍정, 주변을 감싸는 그늘의 시학

잔을 흔들면
신하가 달려와 술을 따랐다는 영락영배
경주 방문 기념으로 거실에 두고 바라본다
투구 같기도 하고
갑옷 입은 장군 같기도 하다

환호하는 잔 둘레 달개 장식
천 년 전 장군의 호령에 군기든 병사처럼 흔들리고
개선장군 맞이하는 왕은 취한다
기쁨은 가득 부어도 비어 있는 것인가
승리를 부어 흔들었을 그날의 왕궁
거실에 와 있다
홀로 문 열고 들어서는 저녁엔
장군도 없고 왕도 없고 신하도 없는데
잔을 흔들어본다
달려오는 이 없고 술 따르는 이 없는
영락영배의 달개 소리

― 민창홍 「영락영배」 전문

민창홍 시인의 시는 밝고 투명하다. 심각하고 애절하
지 않아 좋다. 무거운 주제도 가볍게 풀어내는 힘은 그
가 가진 최고의 장점이다. 그래서 나는 그의 시를 일러
무한긍정의 시학이라고 말하고 싶다. 「영락영배」, 흔들
면 소리가 나는 잔을 영배鈴杯라 한다. 소리가 나는 잔은
제의용, 악령을 쫓는 주술적 의기로 사용되었다고 한다.

그러나 이 시에서는 왕의 세속적 욕망의 잔으로 그려
진다. 상상해 보라. 왕이 잔을 흔들 때마다 누군가는 달
려와 술을 따른다. 이 방울잔은 단번에 상전과 아랫것을
구분시킨다. 그러므로 이 시는 슬픔을 내재하고 있다.
그런데도 이 영배가 슬프게 다가오지 않는 이유는 무엇
인가. 이것이 바로 앞에서 말한 민창홍 시의 특징이다.

잔 하나로 천년을 거슬러 가고, 다시 그 천년이 담긴 잔을 바라보는 시인의 마음이 흐뭇하다. 그렇게 '승리를 부어 흔들었을 그날의 왕궁'이 오두마니 시인의 거실에 앉아 있다. 기쁨에 취하지 않고 술에 취하지도 않는 균형을 가진 시인이다.

그러므로 무한 긍정의 시학은 그냥 얻어진 게 아니다. 그는 부정해야 할 대상일지언정 그것의 긍정적인 면을 보려 한다. 어떤 사물을 대할 때 추한 면을 보기보다 예쁜 면을 보려 한다면 그것은 내게 와서 꽃이 될 수도 있다. 신앙 시집 『마산 성요셉 성당』의 시편들에선 빛처럼 환히 다가오는 하나님의 메시지를 전해 주었고, 시집 『닭과 코스모스』에서는 동심이란 신세계를 통해 오십 중반의 삶을 바라보려는 자세를 읽을 수 있었다.

늙은 감나무 한 그루
말없이 내 마음에 들어오신다
늦가을 바람에 멱살을 잡힌 가지들이
세상의 눈보라를 붙들고 우는데
뜨거운 강물 한 사발 들이킨 산그림자는
당신의 배꼽 근처에 앉아
저녁 연기의 노을 낙서를 읽고 있다
천자문을 베껴 쓰듯이 아버지
아버지의 삼베적삼을 부르고 부르다 보면
푸른 욕망이 붉은 하루가 되어

잎 진 자리마다 말씀으로 돋아 상처를 핥을 터
서둘러 사라지는 햇살의 옆구리가 시리다
　　　　　　　　　　－ 이월춘 「감나무 맹자」 전문

　이월춘 시인의 시는 읽는 재미가 쏠쏠하다. 이 시는
그의 여섯 번째 시집 제호이며 대표시 중 하나다. 늙은
감나무와 시인의 주거니 받거니 하는 마음의 교감이 정
겹다. 감나무는 슬그머니 마음의 빈자리를 채워 준다.
가을 가고 겨울 오는 길목, "멱살을 잡힌 가지들이/ 세상
의 눈보라를 붙들고 우는데" 산그림자는 노을이 제멋대
로 써 갈긴 낙서를 읽고 있다. 우리는 이 부분을 눈여겨
보아야 한다. 시인은 '저녁 연기'를 일러 '아름답다' 혹은
'은은하다'고 하지 않고 '노을 낙서' 즉 연기가 아무렇게
나 써 내린 낙서라고 대수롭지 않은 듯 툭 던진다. 다른
곳을 보며 청자연적의 자태를 말하는 듯한 품새가 맹자
를 떠올리게 한다. 가지의 멱살을 잡는 늦가을 바람은
후반부의 '푸른 욕망'과 병치되지만 결국 '붉은 하루'로
귀결되면서 둘이 아닌 하나로 합일을 이룬다. 그렇게 얼
치기 푸른 욕망은 붉게 익은 말씀이 되어 찬바람에 생채
기가 난 늙은 감나무의 옹이를 핥아준다.
　이 책에 실린 「사소함에 대하여」란 시도 꼭 그답다.
"늙은 건축가는 설계할 때/ 집의 그림자까지 그려 넣는
다고 한다" 건축가는 "기쁨과 행복을 생각하기 전에" "슬
픔과 불행을 먼저 다독이는 마음"이라고 했다. 시인에게

집은 시다. 결국 시란 '존재의 본의本意'를 그려 넣는 것이 아닌가. 이 시는 늙은 건축가를 불러와 자신의 말을 전하고 있다.

한 삼십 년 시를 붙들고 살면 이런 은근함이 절로 생겨날까? 아마도 이런 여유는 이월춘 시학의 특징이 아닐까 싶다. 1986년 펴낸 첫 시집 『칠판지우개』에서부터 지금까지 그의 시는 한국 시단에 만연한 여성적 서정과는 거리를 두었다. 대신 둔탁한 남성성으로 다가와 이마를 때린다. 나는 어떤 글에서 그의 이런 모습을 "단숨에 읽히기보다는 느린 걸음으로 이곳저곳에 마음을 주면서 읽게 한다. 이 '의도되지 않은 느림'은 이 시인을 이해하는 중요한 키워드"가 된다고 말한 적이 있다. 이는 스스로 밝혔듯이 삶과 시가 자연스럽게 융화되고 그 모습을 우직하게 밀고 나가고자 하는 자세를 견지하는 것이다. 이런 그의 품성은 주변을 넉넉하게 감싸는 그늘이 되어 준다.

4. 시는 매립되지 않는다.

참 반질반질도 해라! 개 핥은 죽사발 마냥
그 얼굴 보름달 같기만 해라!
궁상스레 청 밑 쪼그려
헐래벌래 침 흘리던 너
언제나 춥고 배고픈 척 얼굴 잘도 꾸미는구나.

오냐 오냐 핫도그를 던져줄까, 개뼈다귀를 던져줄까.
아니면 뜨거운 감자를 던져주랴?
옳지, 옳아! 꼬리를 흔들어 봐. 머리가 땅에 닿도록
혓바닥보다 부드럽게, 앞발보다 더 공손하게!
그렇지! 한평생 달보고 짖다 보면 뉘라서 신선 못 되랴.

번들번들 보름달 발목 빠지는 골목길
오늘은 아무개犬 쌍賞 뒤풀이
침 마르게 치켜세우고 손 모자라게 명함 돌리고,
달아 달아~ 밝은 달아~ 이태백이 놀던 달아~
술 취해 비틀거리며 집으로 간다.

컹컹 멍멍 제아무리 짖어대도 딴청, 이불청耳不聽이라.
꿈속까지 따라붙는 저 개소리들!
내일이면 저들끼리 핥고 또 물어뜯으리!
세상사 어차피 둥근 구멍에 모난 말뚝 박기 아닌가요?
남이야 보름달에 머리를 맞대든 꽁무니를 맞대든 무슨
상관이래요?

예예, 내 은가락지를 뽑아 드리지요.
월계관도 씌워드리지요.
잠시만 눈 감아 주신다면,
컹컹 ~ 멍멍 ~ 사바사바娑婆娑婆
깜깜!

막 포개지다 만 황록빛 보름달이 그만, 가락지를 뽑아
활활 굴리면서, 뜨거운 감자를 휙휙 날리면서, 꽁무니를
빼느니 차라리 시궁창에 빠져 죽겠다고 하수구에 얼굴 처
박는 밤. 거룩한 밤!

— 김우태 「개와 월식」 전문

지금보다 시의 시대가 있었던가? 시가 지천에 넘쳐나
고 길바닥 돌멩이처럼 쉽게 만나지는 이가 시인이라면
과장일까. 시는 이미 콘베어벨트에서 흘러나오고, 시집
은 눈길 주지 않아도 대량 생산된다. 그런데도 정작 시
는 없고 시인도 없다. 아무도 시의 본질에 대해 말하지
않는다. 내가 사는 이유는 물론, 소외, 비판, 반성 등등
우리가 외면하지 말아야 할 최소한의 것에마저 눈길을
주지 않는다. 김우태 시인은 그런 본령만은 지켜가고자
하는 시인이다. 시를 바라보는 관점이 그렇고, 단호한
결벽성이 그렇다.

인용시 「개와 월식」은 우리 시대의 풍경화다. 이 시를
읽고 얼굴이 화끈 달아오르지 않을 시인이 있을까. 있다
면 얼굴에 철판을 댄 철면피이거나 위선자일 것이다. 오
늘은 "아무개犬 쌍賞 뒤풀이", 수상자의 얼굴은 "개 핥은
죽사발 마냥" 반질반질하다. 아무개씨는 개犬처럼 꼬리
를 잘 흔드는 자이고, 상의 메커니즘을 잘 아는 자다. 그
런 고로 상패賞牌를 에라이! 한 바가지 쌍욕으로 내동댕
이치고 싶다. 이런 밤은 시답지 않은 밤이요, 매우 거룩

한 밤이다.

1989년 서울신문 신춘문예로 문단에 나온 이후 아직 한 권의 시집도 펴내지 않았다. 시인으로서는 게으른 편이다. 그러나 그의 경우, 게으름이란 말은 성립되지 않는다. 나는 그렇게 생각한다. 그와 나는 함께 술 마시고 여행하는 몇 안 되는 글벗이다. 그래서 조금은 안다. 시는 오래 궁리하고 궁리하여 써내는 것, 그래서 생애에 단 한 권의 시집을 내더라도 상관없다. 적어도 자신에게 부끄럽지 않아야 한다는 강한 믿음, 그런 차원으로 이해해야 한다.

내가 좋아하는 「진주 남강 물수제비」라는 시를 보자. "징검다리가 없어도 잘도 건너는// 닳아서 환한 우리네 버선발/ 닳아서 환한 우리네 날랜 사랑// 제비 날려줄 적 흥부 마음처럼/ 율도국 건너갈 적 길동이 마음처럼// 사는 일 억울하고 마음 둘 데 없을 때/ 강으로 바다로 나가/ 물수제비를 뜨자"라고 노래한다. 길동이의 마음보다 무거운 마음이 있으랴. 그런 무거움은 누구와도 나눠 가질 수 없다. 그럴 때 물수제비나 시원하게 날려 보자. 오, 오늘처럼 '거룩한 밤'에도 어두운 강에 나가 물수제비를 뜨자.

오븐에서 갓 구워낸 구름들이 맛있다고 재잘대던 그녀들
조금씩 지문이 돌아오던 어느 날 공장을 나와 하염없이
떠났다.

바다로 가지 못한 20세기는

장기 두는 노인들 곁에서 훈수만 두다 그들보다 먼저 늙어 화석이 된다.

이 빠져 개발새발, 이런 제기랄 재개발!
— 이달균 「산업 사회 저물다 1 — 마산」 전문

지금 마산이란 도시는 없다. '통합'이란 명분을 내세워 정치하는 얼치기들이 굴착기로 파묻어 버렸다. 진실로 역사의 두려움을 모르는 이들이다. 1970년대, 개발 바람이 불면서 인구 17만의 작은 도시에 사람들이 몰려들기 시작했다. 그것이 산업화였다. 수출자유지역이 활성화되고, 한일합섬이 호황이었다. 산업화의 전진 기지였고 흥청대는 소비 도시로 변했다. 그런 반대편에선 죽어가는 바다의 신음이 들려오곤 했다. 우리가 알던 대통령이 죽고, 광주에선 흉흉한 소문이 날아들고 있었다.

그때 난 이월춘, 김형욱과 어울려 마산 미다방에서 3인 시화전을 하고, 이듬해엔 4인 시화전, 그리고 '살어리' 동인을 시작한다. 성창경, 성선경, 정일근, 권경인, 정완희, 진서윤, 지금은 한학자로 후학을 지도하는 이명성, 조문규 선배, 그리고 소식이 끊긴 여럿이었다. 매월 소식지를 내어 합평회를 열곤 했다. 들뜬 열정과 뭔지 모를 의기로 뭉쳐 밤새워 읽고 쓰고 하던 청춘이었다.

그리고 다시 조성래와 함께 '3·15동인'으로 습작기를 보냈다. 분명한 것은 그때의 마산은 나의 교과서이고 문예지이며 문단이었다. 아무리 삶이 변해도 그 바람, 그 느낌, 그 사람들을 잊을 수 없다.

지금 마산은 텅 비어 있다. 이름마저 없어진 도시는 황량하다. 수출자유지역은 자유롭게 떠나고 도시의 저녁을 메웠던 그녀들도 아득히 떠났다. 그 사이에 바다는 제 모습을 되찾았지만 호황을 누렸던 어시장, 부림시장, 창동, 오동동의 영화는 간데없다. 화석이 된 도시의 희망은 매립뿐인가. 가고파의 바다는 매립 공사로 한창이다. 낡은 도심엔 재개발 현수막만 난무한다.

나의 시를 말하기엔 부끄럽다. 그저 몇 권의 시집을 낸 것이 고작이다. 타고난 문재가 없으니 주목받을 일이 없고, 그러니 자연 중심에서 비켜나 있다. 글 쓰는 친구들의 그늘에 묻혀서 사는 일에 익숙해졌다. 그러면서 조금은 더 단단해져야지, 하며 입술 깨무는, 그런 모습이 내 자화상이다.

5. 못난 나무, 좋은 소리

고인이 된 장영희 교수는 「좌절에 빠진 제자에게 보내는 글」에서 못난 나무에 관한 얘기를 들려준다. 해발 3,000미터 로키산맥에 무릎 꿇고 서 있는 늙고 못난 이

나무는 역설적이게도 가장 소리가 좋은 바이올린의 재료가 된다고 한다. 이 책을 엮는 우리 여섯은 키 크고 잘 뻗은 편백, 삼나무, 적송 같은 존재는 아닌 듯싶다. 그렇다고 해서 바람에 견고해져서 좋은 바이올린 재료가 될 성부른 나무도 못 된다. 그러나 그런 나무가 되고자 했던 저간의 노력만은 숨기고 싶지 않다. 이 책은 그런 노력의 일환이다.

어쩌면 로키산맥의 그 나무들도 햇살을 받는 방향에 따라, 비탈의 정도에 따라 속살의 균질함이 다 같지는 않을 터이다. 그러므로 장인의 손에서 바이올린으로 다듬어져도 각각 다른 소리를 낼 것이다. 우리도 그렇다. 동시대 동일한 공간에서 마주보며 시를 쓰지만 개별시편의 성취는 다르다. 그런 다양한 스펙트럼이 지역 문단을 풍성하게 할 것이고, 나아가 한국문학 속에서 경남문학의 위의를 말해 줄 것이라 믿는다.

겨울의 하로와 여름의 부채는 쓸모없지만 언젠가 소용될 날을 간절히 기다린다. 그래서 하로동선은 아름답다. 그리고 나도 언제나 기다린다. 성선경 시인의 한 마디.

"형, 우리 책 한 권 내봅시다. 언제까지나 세월 보낼 거요. 형도 이제 육십이오!"